Rafi et les Cochons Volants

Texte de Valerie Coulman
Illustrations de Rogé

Les Éditions Homard

Coulman, Valerie, 1969-
Rafi et les cochons volants
Texte © 2001 Valerie Coulman
Illustrations © 2001 Rogé Girard

Publié par Les Éditions Homard Ltée
1620, rue Sherbrooke ouest, bureaux C & D
Montréal (Québec) H3H 1C9
Tél. : (514) 904-1100 • Téléc. : (514) 904-1101
www.editionshomard.com

Édition : Alison Fripp
Rédaction : Jane Pavanel
Traduction : Christiane Duchesne
Chef de la production : Tammy Desnoyers
Conception graphique : Shari Blaukopf
Révision-correction : Josée Chapdelaine

Nous reconnaissons l'aide financière du gouvernement du Canada
par l'entremise du programme d'aide au développement de
l'industrie de l'édition (PADIÉ) pour nos activités d'édition.

The Canada Council | Le Conseil des Arts
for the Arts | du Canada

SODEC
SOCIÉTÉ DE DÉVELOPPEMENT
DES ENTREPRISES CULTURELLES
Québec

Nous remercions le Conseil des
Arts du Canada de l'aide accordée
à notre programme de publication
et la SODEC pour son appui
financier en vertu du programme
d'aide aux entreprises du livre et
de l'édition spécialisée.

À MON FRère
Pierre, qui m'a appris
Que dessiner,
c'est voler
R. G.

Catalogage avant publication de la Bibliothèque nationale
du Canada

Coulman, Valerie, 1969-
    [When pigs fly. Français]
    Rafi et les cochons volants

    Traduction de: When pigs fly.
    ISBN 2-922435-02-4

    I. Duchesne, Christiane, 1949-   II. Rogé, 1972-
III. Titre. IV. Titre: When pigs fly. Français.

PS8555.O822W4814 2003   jC813'.6
C2003-940219-3
PS9555.O822W4814 2003
PZ23.C68Ra 2003

Imprimé au Québec, Canada.

À toute ma famille
Qui n'a jamais douté que
les cochons Pouvaient voler
Phil. 1:3
V.C.

Dans un grand champ près de la ville,
vit une vache appelée Rafi.

Rafi aimerait bien que son papa lui achète un vélo.

– Mais Rafi, dit son papa, les vaches ne vont pas à vélo.
– Pas encore ! répond Rafi.

Rafi demande, demande et redemande un vélo
à son papa, mais son papa dit :

non

et non

et non !

– Oh, d'accord, dit enfin son papa. Je t'achèterai
un vélo . . . le jour où les cochons voleront.

Rafi réfléchit. Puis, un jour, alors qu'il joue avec ses amis, il lui vient une idée ! Mais d'abord, il doit apprendre à piloter un hélicoptère.

– Pourquoi donc veux-tu piloter un hélicoptère,
Rafi ? demande son ami Maurice.
Les vaches ne volent pas !
– Pas encore . . .
Maurice reste perplexe.
– Mon papa a dit qu'il m'achètera un vélo le jour
où les cochons voleront, explique Rafi.
– Mais Rafi, les cochons ne volent pas !
– Pas encore ! dit Rafi.

Maurice est encore plus étonné.
Rafi éclate de rire.
– Si j'apprends à piloter un hélicoptère,
dit-il, j'emmènerai des cochons faire un
tour. Et j'aurai mon vélo.
    – Mais Rafi, dit Maurice, les vaches ne
vont pas à vélo.
        – Pas encore ! dit Rafi.

Le lendemain, Rafi se rend à l'aéroport. Il aperçoit une
dame qui place des bagages dans la soute d'un avion.
– Pardon, madame ! dit-il. Quelqu'un peut-il m'apprendre
à piloter un hélicoptère ?

Millie est un peu surprise.

– Euh . . . Joseph pourrait sûrement, dit-elle.

Mais les vaches ne pilotent pas les hélicoptères.

– Pas encore ! dit Rafi avec un sourire.

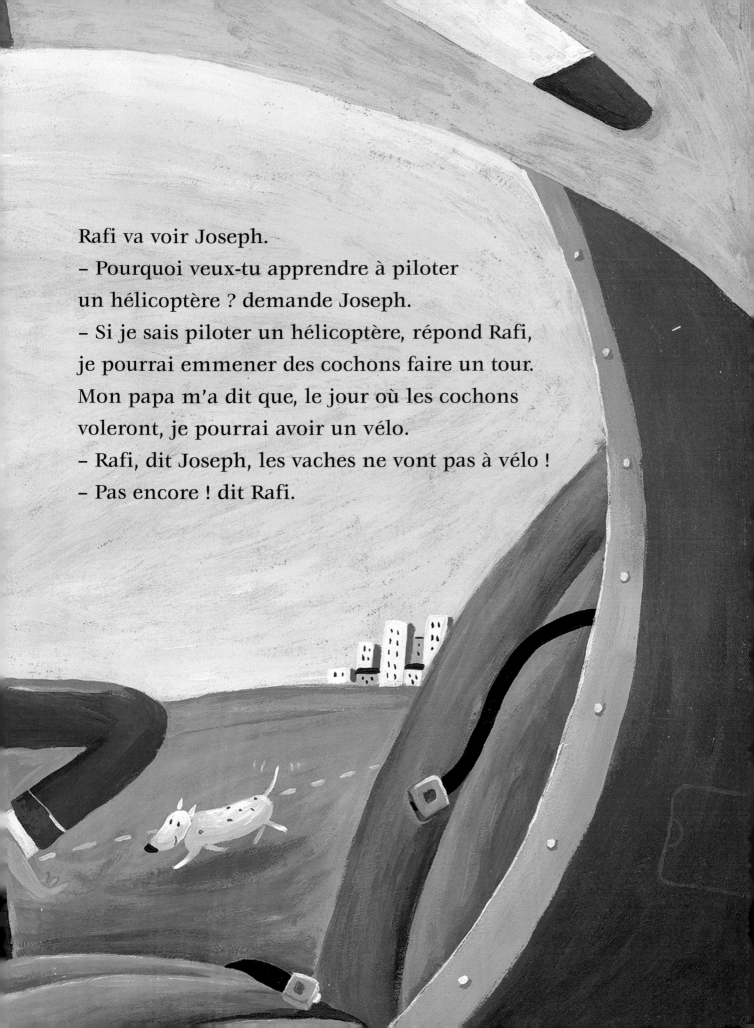

Rafi va voir Joseph.

– Pourquoi veux-tu apprendre à piloter
un hélicoptère ? demande Joseph.

– Si je sais piloter un hélicoptère, répond Rafi,
je pourrai emmener des cochons faire un tour.
Mon papa m'a dit que, le jour où les cochons
voleront, je pourrai avoir un vélo.

– Rafi, dit Joseph, les vaches ne vont pas à vélo !

– Pas encore ! dit Rafi.

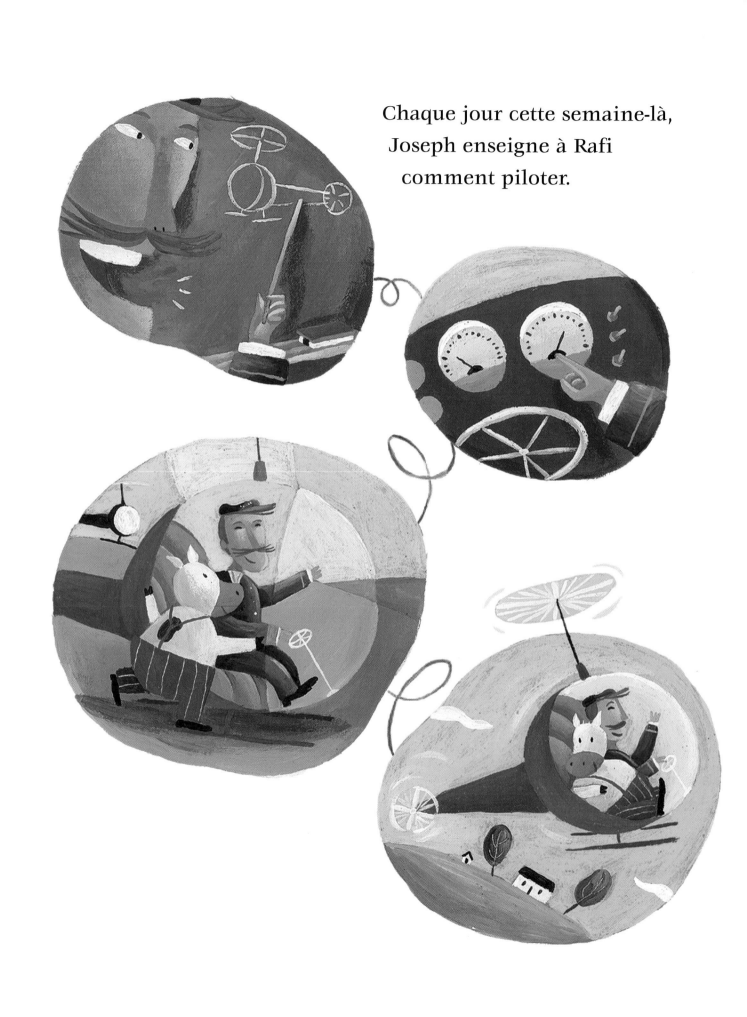

Chaque jour cette semaine-là,
Joseph enseigne à Rafi
comment piloter.

Rafi apprend à voler vers le haut,
vers le bas, par devant et par derrière.
Il apprend même à voler en rond.

C'est une semaine drôlement
excitante pour Rafi.
Joseph s'amuse bien lui aussi.

Dès qu'il a terminé son cours, Rafi va voir ses amies
Julia et Marguerite.
– Je vous emmène faire un tour d'hélicoptère ? leur demande-t-il.
Julia ouvre grand les yeux, Marguerite ouvre grand la bouche.
– Mais Rafi, disent-elles, nous sommes des cochons, et les
cochons ne volent pas.
– Pas encore ! répond Rafi.

Le lendemain matin, Rafi emmène Julia et
Marguerite en hélicoptère. Julia est un peu étourdie,
Marguerite préfère monter plutôt que descendre,
mais elles ont tout de même un plaisir fou.

Lorsque l'hélicoptère se pose, Rafi
remercie Julia et Marguerite.
– Je dois rentrer à la maison, leur dit-il.
Mon papa va m'acheter un vélo.

– Un vélo ? dit Marguerite.
Mais Rafi est déjà parti.
– Rafi, crie Julia, les vaches ne
vont pas à vélo !
La réponse se fait entendre au loin :

Pas encore !